رواية

# الوردي القاتل

د. جُمان الريحاني

# إهداء

إهداء إلى الفن وروح الفن وجنون الفن

للفن جنون ولا يفهم تلك النوبات إلا كل فنان أو بالأحرى كل فنان عظيم

إهداء إلى الطموح والى الفناء في سبيل أهداف نبيلة

إهداء إلى كل مخلد بفن، والى كل فن يخلد صاحبه

إهداء إلى كل فنان يرى حقا بأنه فنان، فالفن شعور قبل أن يكون موهبة.

**جمان الريحاني**

## فنان وطموح

قام أحد الفنانين بأخذ قطرة دماء من كل العاهرات اللاتي زارهن في ماخور لأجل مشروع يريد انجازه.

لقد كان يختار أجمل العاهرات وأكثرهن شبابا واللاتي يتمتعن ببشرة صافية أكثر شيء.

سمع الفنان فيتال عن ذلك الفنان الذي مات في ريعان شبابه ولم يستطع أن يتوصل إلى سر اللون الوردي فأراد أن يكتشف هو ذلك السر بطريقته ولكن الأمر يحتاج إلى

الكثير من التجارب والوقت وأيضا الصبر وطبعا الإصرار وعدم اليأس.

كما أن هذا الفنان فيتال قد اكتشف بأن البشرة الوردية تكون لها رائحة جذابة لا تشبه باقي ألوان البشرة.

وجد بأن الجاذبية في البشرة الوردية التي تكاد تكون شفافة، فهي تحمل إنزيمات وتصدر رائحة يدركها العقل قبل أن يشمها الإنسان بأنفه.

وهذه الرائحة تؤثر في الجنسين فأكثر النساء والفتيات اللاتي يتمتعن بهذه البشرة يكن معشوقات من الرجال بالدرجة الأولى بغض النظر عن طولهن أو جمالهن، بغض النظر عن الوزن والتناسق الجمالي..

لا يعرف الرجال ما الذي يشدهم إلى هذا النوع من النساء اللاتي تأسرن قلوبهم وتجعلهم يقعون في غرامهن بدون بذل أي جهد أو تعب وبدون حتى التفكير في ذلك.

لأن هذه الفئة من النساء هن ملاحقات من الرجال دائما للسر العجيب الذي لا يعرفه أحد.

أما بالنسبة لتأثير هذه الرائحة في النساء الأخريات وباقي الجنس الأنثوي فهي تؤثر عكسيا، إنها تجعل الفتيات والنساء بالبشرة الوردية يتعرضن للحسد والغيرة من باقي النساء ولا يستطعن العيش معا في بيئة واحدة لأنهن سوف يتعرضن للهجوم الدائم ومحاولة التهديم.

وبعد أن توصل هذا الفنان فيتال إلى هذه النظرية قرر أن يوصل للعالم نظريته ولكن ليس نظريا بل عن طريقة التطبيق لكي لا يتم التنمر عليه ولا السخرية منه.

لقد فكر كثيرا حتى توصل إلى فكرة جيدة وهي أن يقوم بجمع بعض الدماء من الفتيات التي يمتلكن تلك البشرة بتلك الرائحة.

لقد كان ذلك الفنان فيتال يستطيع تمييز تلك الرائحة بمجرد النظر إلى سرب من النساء، فقط برؤية لون البشرة.

فتلك البشرة لها لون مميز انه لون وردي شفاف صاف، وليس لون بشرتهن ابيض ولا هي بشرة سمراء ولا حمراء ولا سوداء ولا أي درجة من الألوان الترابية انه لون نقي صافي لون وردي.

كما أن الفكرة التي كان متوصل إليها حول ذلك اللون الذي كان يجري وراءه ويطارده اللون الوردي الشفاف كنت هي أن لهذا اللون رائحة.

أو ربما بالأحرى هرمون ينبعث منه مثل الرائعة ولكن لا يشمها أي أحد بل هي تأتي إلى الرجال على شكل شعور.

فيشعرون بتلك الرائحة الجذابة التي تنبعث من البشرة بذلك اللون.

لقد كانت للفنان فلسفته الخاصة حول هذا الموضوع.

والذي كان يريده أن يصبح في لوحة من لوحاته.

لقد قرر أن يرسم ذلك اللون الوردي.

أراد الفنان الشاب فيتال برونو أندروس أن يوصل مفهومه للعالم، أراد أن يجعل العالم يعلم بأن اللون الوردي فيه أنزيمات ورائحة تجذب الرجال وتجعل النساء ينفرن ويشعرن بأنهن أقل مكانة من صاحبة البشرة الوردية

كانت أكثر الفتيات من البشرة الوردية يعانين من ملاحقة الرجال لهن أو حتى محاولة الاعتداء والاغتصاب أحيانا

والبعض منهن تستشعر السر الذي لديها فتستخدم قوتها إذ أنها تستطيع أن توقع أثرى الرجال في غرامها مما يجعله يشتريها بماله لكي تصبح عشيقة له.

ولكنها بالطبع كانت الفتيات تستغل تلك الظروف لكي تعيش برفاهية مطلقة، لقد كان من حظ إحداهن إن رغب بها رجل ثري ولو مجرد عشيقة لأنها سوف تستمتع بالسفر ورؤية بلدان العالم من الدرجة الأولى.

وسوف تستمتع بركوب الطائرات الخاصة واليخوت ودخول فنادق النجوم الخمس وغيرها.

سوف تستفيد الملابس بأغلى الأثمان وأشهر الماركات العالمية، سوف تمتلك العطور والأحذية بلا حصر ولا عدد.

ولكن بالنسبة للفنان فيتال كان من الصعب عليه أن يجد فتاة مثل هذه أو يحظى برفقتها أو حتى امتلاكها بخطبة أو زواج.

لقد كان منشغلا بفنه ولوحاته وأيضا تلك اللوحة التي تراوده مثل حلم جميل.

لقد كان كل تفكيره منصب حول الفن والرسم لقد كان يريد أن يصبح فنانا مشهورا.

فنان عالمي

## ماخور الألوان

وبعد طول تفكير وجد بأنه يستطيع أن يبحث عن هذا النوع من النساء في الماخور بيوت الدعارة وشوارع البغاء.

إنهن موجودات بكثرة فمن لا يستطيع تسويق سلعته قد يلجأ إلى بيعها بأبخس الأثمان.

ربما توجد فتيات من هذا النوع ولا تعلم ما بحوزتها من هبة لذا ربما هي مجرد عاهرة في بيت دعارة ولكنها بالطبع سوف تكون أميرة العاهرات.

سوف تكون هي صاحب الطابور الذي لا ينتهي من الرجال على باب غرفتها سوف تكون هي من تؤمن كل احتياجات بيت الدعارة ذك ولكن لا احد يعرف سرها.

الفنان فيتال قد توصل إلى هذا السر وقرر أن يثبته للعالم أو يظهره ويشهره بطريقة تجعل الجميع يوقع ويقتنع بكلامه دون أن يسخر منه احد ا وان تسرق فكرته قبل إثباتها.

قرر الفنان فيتال أن يذهب إلى كل المناطق التي قد يجد فيها العاهرات.

ولكن كان عليه أن يجد مالا لكي يدفعه لهن لأنه لا يتم استقبال أي رجل في تلك الأماكن إلا اذا دفع مستحقات معينة تلك الأماكن هي لصنع الأموال وليس للترفيه المجاني.

ولأجل تطبيق هذه الفكرة قرر أن يقوم ببيع بيت والديه الراحلين وبالفعل باع البيت واجر بيتا قديما حالته سيئة ولكن مقابل مبلغ زهيد.

وقرر أن يصرف كل المال الباقي لأجل إنجاح مشروعه.

وفي يوم وهو جالس قرر أن يرسم لوحة لا مثيل لها

كان يقول أريد أن ارسم لوحة حية.

لوحة تتكلم وتعبر عن نفسها لا أريد لوحة يستطيع الناس قراءتها بل لوحة هي تتكلم وتعبر عن نفسها.

"لوحة حية"

أريد أن اخلق "لوحة حية"

لقد اختار القماش والمقاس كل الأمور اللازمة أراد أن يقوم بالأمر وان يعطيه وقته الكافي

لقد فكر وقرر وانتظر وصبر

وقبل أن يبدأ الرسم قرر أن يدرس ذلك الموضوع

لقد أراد أن يتقرب إلى الفتيات من تلك الفئة أو من ذلك النوع كما كان يقول.

أراد أن يقترب من الفتيات ليرى إن كان لبشرتهن تدرج أم انه لون واحد هو الجيد أم كل درجات اللون فيها نفس السر.

أراد أن ينظر للنوع بتمعن في ضوء الليل وضوء النهار وتحت أشعة الشمس لكي يحدد الامتزاج للألوان ولكي يصل إلى اللون الحقيقي وليس فقط بالتقريب.

ذهب إلى بيوت الدعارة وكان الأمر صعبا ولي كما كان يظن.

لقد اعتقد الفنان فيتال بأن الأمور سوف تكون على ما يرام، اعتقد بأن الأمر سوف يسير بيسر، ولكن لم تكن

الأمور كما كان يفكر أبدا، لم يكن يعتقد بأن الأمور سوف تتعقد معه فقد كان يظن بأنه ليس في الأمر أية مجازفة.

ولم يكن يعرف ما يدور في بيوت الدعارة ولا مخاطر دخولها ولا من يسهر على سير الأمور فيها.

فهو في الحقيقة لم يدخل إلى بيت دعارة من قبل ولم يزرها مجرد زيارة.

ولا يعلم شيئا عن عالم الدعارة وكلما يدور فيه ولو كان يعلم لربما لم يخض تلك المجازفة لأنها بالفعل كانت مجازفة.

فالدعارة ليست عملية تسير بشكل فوضوي بل هي مسيرة وبأحسن تسيير ومن قبل أشخاص خلقوا في ذلك العالم ربما ورما لا ولكنهم هو أسياد ذلك العالم.

وعالمهم هو للتجارة بالبشر والتجارة بالجنس ولا يفهمون شيئا إلا كسب المال ولكما يهمهم هو المال.

لقد بذر الكثير من المال ولم يحصل على مراده.

اعتقد في البداية بأن نظريته صحيحة و بأن أكثر فتاة مطلوبة في الماخور هي الأجمل وصاحبة البشرة التي يسعى إليها حتى دفع مبلغا خياليا لكي يمر إليها دون انتظار.

ودون أن يقف في الطابور ولكنه صدم اذ وجدها فتاة افريقية جميلة ولكن بمقاييس مختلفة لها بشرة داكنة جدا

لقد كانت الفتاة التي رشحت له من اختيار السيدة صاحبة المكان والتي كانت تعتني بفتياتها ولكن بطريقتها

لقد كانت تمتلك العديد من الفتيات الجميلات ولكن كل لها جمالها الخاص.

رغم ذلك فهي كانت تقوم بالسهر على نظافتهن وتجميلهن بالماكياج وتوفر لهن الملابس التي تعجب الزبائن.

كما أنها هي الأخرى كانت لديها تقنياتها التي تستعملها في عملها، فقد كانت ترى بأن أذواق الرجال تختلف لذا كانت تحاول أن ترضي كل الأذواق، وأن تجلب من كل الأجناس فتيات إلى بيتها الكبير من أجل أن يذيع صيت ماخورها لدى الناس أي زبائنها ولكي تجذب زبائنا أكثر بكثير.

لكنها لم تكن تسعى لإرضاء الجميع بل كانت تعتني بزائنها الدائمين وهم الذين يحضون بفرصة الاختيار وأيضا إن أرادوا طلبا معينا فهي توفره لهم.

أنا بالنسبة لباقي الزبائن كانت لديها قاعدة أخرى وهي أنهم يأتون إلى الماخور من اجل النساء وكل النساء متشابهات في حقيقتهن ولا يحق لهن أن يرفضن فتياتها وهي لا تعيد لهم المال إن لم تنل إعجابهم السلعة.

نعم لقد كانت الفتيات في شكل السلعة فقط وهي التي تبيعهن وتعيد البيع مرارا وتكرارا

بل من الأصح قول أنها تبيعهن لمدة معينة من الزمن أو الأصح أكثر أنها تبيع أجسادهن لفترة من الزمن

أو تبيع الممارسات الجنسية مع أجسادهن لفترة من الزمن مقابل مبلغ من المال.

ولكنها في الحقيقة كانت سيدة قوية ومتجبرة ولا ترحم وتعاملهن بقسوة ولكنها تصبح جيدة التعامل مع إحداهن اذا أجادت الفتاة التعامل وكانت مطيعة.

وعندما رفض البقاء معها وأراد استبدالها من سوء حظه.

كانت ابنة صاحبة الماخور فطلبت من حرسها أن يرموا به في الخارج وان يكسروا له رجليه لكي يصبح عبرة لكل من يتجرأ على رفض ابنتها.

لقد كانت ابنتها هي من تختار الرجال وخاصة الزبائن الجدد، كانت تفضل كل الرجال الذين يترددون على الماخور لأول مرة وهذا أمر تعرفه والدتها جيدا لذا كانت تقدم لها كل جديد.

وقد كانت ابنتها مدللتها ولكنها رغم ذلك تستخدمها في تلك التجارة مثلها مثل باقي الفتيات اللواتي يتلقين الضرب والتعذيب، ولكن في أغلب الأوقات تستقبل ابنتها الرجال شبه أسوياء كما أنهم جميعا يعلمون بأنها ابنة صاحبة الماخور وممنوع عليهم معاملتها بسوء.

لقد كانت تعامل ابنتها بطريقة مختلفة عن باقي الفتيات فقد كانت هي ولية عهدها ومستقبلا سوف تصبح هي صاحبة الماخور لذا يجب أن تعمل فيه وأيضا أن تعرف كيف تسير الأمور.

كما أن ابن البط عوام والبنت كانت تحب المهنة جدا ولم يكن لديها أي مانع، بل كانت تسارع إلى الزبائن الذين يأتون لأول مرة وتختار منهم من ينال إعجابها انك انو مجموعة.

لقد استحق الفنان فيتال ذلك العقاب لأنه قد كسر بخاطر ابنة صاحبة الماخور ورفضها وهذه كانت سابقة ولم يحدث مثل هذا الشيء سابقا.

كانت من الممكن أن يتم قتله ولكنهم اكتفوا بتلقينه درس لن ينساه طالما هو حي.

وبعد أن فعل الحراس ما طلبت منهم رموا بالفنان فيتال خارج الماخور وقد كان يعاني من الضرب المبرح الذي ناله من الحراس فلم يكن يستطيع الحراك.

## الوردي المنشود

لقد بقي لعدة ساعات وهو ملقي على الأرض، يتألم ويطلب المساعدة ولكن لم يكن أحد يرد عليه.

وفجأة جاءت إليه فتاة وهي تخطي بعض جسدها بشرشف، لقد كانت تخفي نفسها تحت الشرشف وحاولت سحبه إلى إحدى الغرف بينما كان الحرس في غفلة.

وحاولت علاجه ووضعت له كمادات عشبية للعلاج ففقد الوعي ولم يصحو إلا بعد يومين.

يبدو أنها وضعت له منوما في الشراب وبعد أن صحا أخبرته بأنه تعمل هنا وقد جازفت بمساعدته لذا يجب عليه المغادرة حالا.

لقد غادر شاكرا لها صنيعها وعندما سألته عن سبب فعلته اخبرها بأنه لم يقصد الإساءة بل هو فنان وكان يريد لقاء فتاة معينة

عندما سألته عن اسم تلك الفتاة

قال لها:

لقد أخطأت فهمي، أنا ابحث عن فتاة بمواصفات معينة وليست فتاة كنت أعرفها.

وعندما سألته وقالت:

ما هي المواصفات التي أنت تبحث عنها.

اخبرها بما كان يفكر وقال:

أنا أبحث عن فتاة تكون لديها بشرة وردية شفافة فأنا فنان

ظنت الفتاة أنه يريد رسم هذه المرأة وقالت:

اذن أنت تريد أن ترسم هذه الفتاة؟

ولكنه قال:

الأمر ليس هكذا

**الفتاة جوليانا:**

ماذا تقصد؟

أنا لست أفهم

**الفنان فيتال:**

أنا لا أريد أن ارسمها بل أريد فقط أن ينظر إليها

**الفتاة جوليانا:**

لما تريد أن تنظر إليها؟

**الفنان فيتال:**

أريد أن أرى بشرتها

أريد أن أرى لون بشرتها

وأريد أن أتفحص لون بشرتها لكي استطيع التوصل الى لون البشرة الحقيقي.

اللون الذي أنا ابحث عنه

فهذا اللون هو اللون الذي أريد أن أتمكن من رسمه وليس أي لون آخر غيره.

كما تعلمين بان البشر يختلفون من حيث لون البشرة وأنا أريد لونا معينا

أريد أن أراه لكي استطيع رسمه

فكيف قد ارسم شيئا لا أراه

غير أنني استطيع رؤيته في خيالي

ولكن أريد أن أراه في الواقع لأنه ليس أمر خيالي بل إن رسمي هذا واقعي أو بالأحرى مستوحى من الواقع

لذا أنا أريد أن أراه في الواقع

**فقالت الفتاة جوليانا:**

أظن أنني فهمت ما تفكر فيه إلا أنه أمر يبدو معقد

**الفنان فيتال:**

إنه العقل هو المعقد

وأحيانا نرى أشياء في الخيال ولا نستطيع تجسيدها فيصبح الخيال أيضا معقدا.

**الفتاة جوليانا:**

ربما فهمت

**الفنان فيتال:**

لا عليك من كل ذلك

لا يهم

لا تهتمي

لقد شعر الفنان بأن هذه الفتاة الطيبة تخفي شيئا عنه لأنها كانت تشيح بالنظر عنه كما أنها كانت ترتدي قفازات وتضع شالا على رأسها.

كانت تحاول أن تجعله يخرج سريعا ولكنه ظن بأنها فتاة طيبة وان معاملتها تجعله يشعر بشيء تجاهها لم يكن امتنانا.

بل لقد كان وكأنه ربما أعجب بطريقة معاملتها ولكنه لم ير حتى وجهها فمالذي يجعله يشعر بهذه المشاعر غير المفهومة.

ثم سألها:

هل أنت تعملين هنا؟

هل تستقبلين الرجال؟

فقالت:

لا

قال:

اذن ماذا تعملين؟

قالت:

أنا خادمة

قال:

لا يبدو أنك خادمة

قالت:

ألا تريد الانصراف؟

قال لها:

سوف أعطيك المال مقابل أن تخبريني

قالت:

نعم أنا في حاجة للمال لخروج من هنا

قال:

ألا تحبين عملك هنا؟

قالت له:

هل تريد الحقيقة؟

قال لها:

نعم

قالت:

لقد كنت أعمل مثل باقي الفتيات ولكن انظر

والتفت إليه لكي يرى وجهها مشوها

وأضافت قائلة:

لقد شعرت ابنة السيدة بالغيرة مني فأحرقت وجهي.

ويدي أيضا احترقت لأنني حاولت أن احمي وجهي ولكني لم أستطع أن احمي نفسي منها فهي ابنة السيدة.

لم أكن أستطيع أن أقاومها أو حتى أن اضربها فقد كانت لها مكانتها ولم يكن باستطاعتي أن أتجاوز مكانتي.

لقد كانت الغيرة هي من أحرقتني وقد أعمت لها عينيها، لم يكن في قلبها رحمة وهي تحطمني.

لقد حطمتني.

شوهت لي ملامحي وشوهت مستقبلي وحطمت حياتي وكل آمالي.

لقد دمرتني بما فعلته.

شعر فيتال بالشفقة عليها وقال لها:

سوف أعطيك مالا إن أردت يمكنك مرافقتي إلى بيتي وهناك أعطيك ما يكفيك من المال.

وافقت الفتاة جوليانا وغادرت معه.

لم تكن تصدق صنيعه وقد علمت من كلامه وتصرفاته بأنه شاب طيب ولا يمكن أن يغدر بها أو يعتدي عليها مثلا.

وعندما أعطاها المال وكانت على وشك المغادرة وقد لاحظت انه يضع الكثير من اللوحات والقماش والمواد وكل تلك الأمور.

عرفت بأنه كان نزيها وصادقا معها ولم يقصد أي سوء حتى أنه أعطاها المال ولم يطلب منها أي شيء فالتفتت إليه وقالت:

ما هو لون البشرة الذي قلت لي انك تبحث عنه

قال:

وردي

لون وردي

وردي شفاف

إنه لون قد لا استطيع وصفه

ولكنني متأكد بأنني عندما أراه سوف اعرف بأنه هو ذلك اللون المنشود والذي أنا في بحث مستمر عنه.

فرفعت الفتاة جوليانا عن ساقيها وكشفتهما ثم نظرت إليه

وقالت له:

هل هذا هو اللون الذي تبحث عنه؟

ذهل الفنان فيتال لما رآه لقد كان للفتاة مشوهة الوجه ومحروقة الذراعين ساقان وردية شفافة تلمع وكأنها .....

انه أمر يصعب وصفه انه لون جذاب وشفاف و...

بدا وكان ما كان يحلم به قد تجسد أمامه فجأة

فهو لم يكن يعتقد لولهة بأن هذه الفتاة جوليانا المسكينة تخفي ما كان يبحث عنه بشوق ولهفة.

لقد اقترب من أن يقتنع بأن ما يبحث عنه موجود فقط في خياله وهكذا فجأة أصبح يراه بأم عينيه.

لقد كان يفرك عينيه لكي يتأكد بأن الأمر حقيقي.

ولكن الأمر بالفعل كان حقيقيا لأن الصورة لا تتغير أمام ناظره بفركه لعينيه بل هو نفس المنظر يقابله.

لقد تسمرت عيناه وجمد في مكانه ولم يصدق ما رأته عيناه ثم قال لها:

هل تسمحين لي بالاقتراب

أريد أن المس بشرتك لو سمحت

أريد أن أري وانظر عن كثب

أريد أن أتمعن النظر

أرجوك اسمحي لعيني بالاقتراب

وافقت الفتاة جوليانا على ذلك ولم تمانع كما أنها لم تكن تستغرب تفاجئه ولا طلبه ذلك.

لم يعد الفنان فيتال يرى بأن الفتاة جوليانا مشوهة بل قد اكتشف بأنها تمتلك بشرة تحسد عليها

لقد اكتشف بأنها كانت تخفي الكثير تحت تلك الثياب التي كانت تغطي كل جسدها

لقد كانت تخفي كنزا تحت الثياب وقد أجادت إخفائه، ولكن من يرى جسدها لا يهتم بذلك الجزء المشوه منها رغم انه ليس بالجزء الصغير ولا الهين.

لقد تحسر كثيرا على ما تشوه منها

كما انه فكر للحظة كيف كانت لتبدو تلك الفتاة جوليانا لو لم تكون مشوهة

لكانت ملكة جمال ربما أو مرغوبة كل الرجال.

كما أنه بعد أن اكتشف بأنها تمتلك ذلك الكنز لم يعد يبدو غريبا أن غارت منها تلك الفتاة جوليانا التي رآها عارية ونفر منها وهرب لدرجة أنهم قد عاقبوه.

لم يعد من الغريب أن شوهتها فالفرق بينهما واضح وكبير فإحداهما كأنها القمر بدر والأخرى كأنها ظلام القلوب السوداء وليس الليالي الظلماء.

لقد عرف بأنها قد شوهتها من شدة الغيرة ولكنه من المؤكد بأن الفتاة جوليانا قد كانت مرغوبة وكل الزبائن يطلبونها هي كما أن كل من يراها من المؤكد أن يعود لأجلها مرارا وتكرارا وربما كل ليلة.

## وأصبح الوردي على لوحتي

كانت الفتاة جوليانا التي كانت تعلم بأن كل الرجال يحبون جسدها حتى وهي مشوهة فلو أرادت أن تعود إلى عملها كسابق عهدها لعادت.

وخاصة بعد أن تحررت من تلك السيدة الشريرة والتي كانت تطبق على أنفاسها، فلو أرادت العودة إلى عملها الذي كانت تجيده ولم تكن تكره لعادت وبكل قوة.

لم تكن كل الفتيات في بيت الدعارة مجبرات ولا يكرهن ذلك العمل بل كان من بينهن من تعتبر بأن هذا هو العمل الوحيد الذي تعرفه وتجيده

ومنهن من كانت تجد المتعة في مرافقة الرجال والكثير منهم وليس رجل واحد

ومنهن من كان لها زبون واحد يتردد على ذلك المكان كل ليلة ومن أجلها وكأنها عشيقته أو زوجته من دون عقد قران وهذه الأمور لم تكن تضايق السيدة صاحبة الماخور فكل ما كان يهمها دفع المال في كل مرة

ومن الفتيات من كانت مجربة ومنهن من كانت لا تمتلك أي مكان أخر تعيش فيه فكانت ترى بأن الماخور جيد لها يوفر لها السقف والطعام

وهناك من ولدت فيه ولا تعرف غيره مكان للعيش ولا للحياة ولا للعمل

الحالات كثيرة ومختلفة تمام الاختلاف.

اقترب الفنان فيتال لكي يرى تلك البشرة التي تلمع مع الشمس، يكاد يقسم بأنه يرى عظمها من تحت الجلد الشفاف وذلك اللون الوردي الجذاب

والملمس الأملس الناعم الحريري وكأنها ...

والليونة والمرونة والرائحة التي تنبع منها

لقد تذكر الفنان فيتال واكتشف بأنه هذا ما كان يجذبه لفتاة لم يكن يستطيع رؤية وجهها بوضوح

إنها رائحة الوردي

انه الوردي الجذاب

لقد كان للوردي ذلك جاذبية لا يستطيع فهمها احد ولكن بإمكان الوردي أن يسحر الرجال وان يجذبهم بكل بساطة وبشكل لا إرادي

حتى أن الرجال لا يفهمون الحالة التي يكونون فيها، ولا يفهمون ما يجري معهم، إلا أنهم يصبحون مسلوبي الإرادة في حضور الوردي الجذاب

ذلك الوردي الساحر والجذاب

الوردي الذي كان الفنان فيتال وجده من يفهم حقيقته وما يفعله في الناس.

طلب منها الفنان فيتال البقاء قليلا ولكنها أرادت المغادرة وبعد أن عرض عليها المزيد من المال وافقت

لقد أخبرها بأنه مستعد أن يعطيها مبلغا يكفيها لكل حياتها القادمة، مبلغا تستطيع ب هان تشتري بيتا وتعيش حياة كريمة

فلا تحتاج أحدا ولا العمل في ذلك المجال من جديد فربما الأمر لن يعجب تلك السيدة التي هربت منها

لقد اعتقدت الفتاة جوليانا بأنه ما قاله هو كلام حكيم لذا قررت أن تأخذ المبلغ ولكنها استفسرت منه عن مقابل المبلغ الذي سوف يمنحه لها

لم يكن للفنان أية نية سيئة فاخبرها بأنه يريد أن يرسمها

وقال لها:

هل أصارحك بأمر يهمني كثيرا

**الفتاة جوليانا:**

وما هو؟

**الفنان فيتال:**

أنا أريد أن أرسمك

**الفتاة جوليانا:**

تريد أن ترسمني أنا؟

**الفنان فيتال:**

نعم، أنا أريد أن أرسمك أنت

ضحكت الفتاة جوليانا وقالت:

أنت تريد أن ترسمني أنا، ومن ذا يريد أن يرى لوحة رسمت لسيدة بوجه مشوه؟

فقال لها:

لا..

لا تفهميني بشكل خاطئ

أنا لا اقصد وجهك

قالت:

ماذا تقصد اذن؟

قال:

أنا أريد أن ارسم جسدك عاريا، وأنت مستلقية على ذلك القماش (انه قماش الرسم لديه الكثير من القماش على الأرض والغرفة شبه خالية، بيته اقرب للبيت المهجور المهدم) ويمكنك أن تضعي غطاء على وجهك مثل ذلك الشال وأيضا ارتدي قفازيك.

فقالت له:

متى تريد فعل ذلك؟

قال لها

هل اتفقنا إذن؟

قالت:

قلت لك متى تريد أن تبدأ؟، وكم سيستغرق الأمر؟، لأنني أخاف أن تعرف سيدتي مكاني، فترسل ورائي.

لذا أنا أريد الخروج من هذه المدينة فور انتهاءك من العمل، لذا أرجو أن لا يستغرق العمل طويلا

**الفنان فيتال:**

اذن لنبدأ عملنا الآن، وفورا

**الفتاة جوليانا:**

ومتى تنتهي منه؟

**الفنان فيتال:**

أنا حقا لا اعرف متى ننتهي،

يجب أن اخلط الكثير من الألوان لكي أجد اللون الصحيح

**الفتاة جوليانا:**

وما تريد مني بالضبط؟

**الفنان فيتال:**

سوف احضر اللوحة، وهي أكبر لوحة لدي، وسوف احضر الأدوات إلى هذه القاعة.

أما أنت فرجاء قومي بوضع القماش هناك في الوسط وانزعي ملابسك.

واستلقي بطريقة تشعرين فيها بالراحة.

كوني على طبيعتك ولا تشعري بالحياء لأنه سوف يظهر ذلك الشعور على لوحتي فأنا أصور كلما أراه بيدي.

وذلك الشعور سوف يفسد اللوحة.

لم تكن الفتاة جوليانا لتشعر بالحياء أن التعري كان مهنتها أو بالأحرى جزء من مهنتها القديمة.

واستعراض جسدها كان أمرا سهلا بالنسبة لها وهي تجيد فعل ذلك.

ولكن الفتاة جوليانا ولأنها كانت تخفي وجهها ويديها اعتقد بأنها ربما ستشعر ببعض ذلك، لذا قرر أن يقدم لها النصيحة لكي لا يعلق عليها فيما بعد وهي عارية فربما لن يعجبها الأمر.

بالرغم من كل شي لقد كان الفنان فيتال ذكيا ويجيد التعامل مع النساء، وقد جعل الفتاة جوليانا تشعر بالأمان وأيضا بالاحترام والتقدير لما هو بحوزتها من هبات ربانية.

كما انه كان يرى بأنها تستحق المعاملة الحسنة لأسباب عديدة من وجهة نظر الفنان فيتال.

**أولا:**

لأنها كانت فتاة رقيقة وتحسن معاملة الناس حتى الغرباء عنها.

**وثانيا:**

لأنها كانت فتاة مسكينة وقد تعرضت للكثير من الأذية في حياتها.

**وثالثا:**

لأنها فتاة جميلة بل بالغة الجمال وأجمل فتاة رآها بعينيه طوال حياته

لقد كانت لتبدو أكثر جمالا لو لم تكن مشوهة ولكنها رغم ذلك التشوه مازالت جميلة، فالجمال لا يتمركز في الوجه فقط وخاصة في النساء.

لقد كان يرى بأنها تحمل شيئا من الجنة فهي تشبه جنة لا يراها الناس كل يوم

إنها قطعة من الجنة

بعد أن أعطاها كل التوجيهات قالت له الفتاة جوليانا:

حسنا

فهم كل منهما بفعل ما يتوجب عليه فعله.

## ورطة غير مقصودة

وبعد مرور الست ساعات حيث رسم الفنان فيتال الشكل العام للوحة وبدأ يقوم بتلوينها بالجزء

مرت ستة ساعات متواصلة، ومن العمل المتواصل بدون أي انقطاع ولا حتى فاصل

كان تلوين الرأس والشعر الذي كان أشقرا يميل إلى اللون الأحمر سهلا.

وتلوين الشال والقفازين أسهل ما يكون والأصعب كان اكبر جزء في اللوحة

لم يكن الفنان فيتال مهتما بتلوين الخلفية لأنه يستطيع تلوينها وهو مغمض العينين فاللون الغالب على الجدران والأرضية هو البني والفراش الذي تحت العارضة كان ابيضا وبعض القماش يميل للون الأصفر، أي ابيض مصفر.

كان الفنان فيتال يقوم بإضافة الألوان إلى بعضها يجرب على لوحة إضافية هي للتجربة ولم يتوصل إلى ذلك اللون بسهولة.

وبعد مرور بعض الوقت أخبرته الفتاة جوليانا بأنها تشعر بالجوع وقالت وهي تتساءل:

ألن نأخذ استراحة؟ أليس هناك فاصل؟

أنا حقا اشعر بالجوع

بل اشعر بجوع شديد، فأنا لم أتناول شيئا طوال اليوم، كما أنني تعبت قليلا

فقال لها:

حسنا لنأخذ فاصلا

ثم أخبرها بأنه سوف يخرج قليلا لكي يشتري طعاما، فلم يكن في بيته أي شيء يؤكل.

وعندما عاد لاحظ رجالا يشبهون حرس تلك السيدة يخرجون من بيته يحملون سيوفا  فأسرع ودخل إلى البيت.

وعندما دخل كانت الصدمة

لقد وقعت جريمة بشعة في بيته خلال غيابه

يبدو أن أولئك الرجال أو الحراس قد أتو من أجل الفتاة جوليانا وقد كانوا يعرفون مكان تواجها.

ولكنهم لم يأتوا لكي يلقوا القبض عليها بل جاءوا لكي يقوموا بتصفيتها.

لقد قتلوها.

لقد وجد تلك الفتاة جوليانا ممزقة فوق ذلك القماش الأبيض ودماؤها تعم المكان، وأشلاؤها متناثرة في كل مكان.

## هل ضاع الحلم؟

لقد جن جنون الفنان فيتال، وهو يرى ذلك المنظر أمامه، لم يصدق ما حصل للفتاة وما حصل معه

لقد وقعت جريمة شنعاء في بيته وراحت ضحيتها فتاة مسكينة لا ذنب لها

ألم يكن لتلك الفتاة جوليانا حق بالحياة؟

ألم يكن لها حق بالحرية؟

لم تم قتلها؟

لم تم الاعتداء عليها بهذه الطريقة الوحشية؟

ماذا فعلت؟

هل كانت تستحق ذلك؟

لما كل هذا الحقد؟

وتساءل كثيرا

وطرح أسئلة كثيرة

أسئلة بلا أجوبة

ولن تجد أسئلته الأجوبة أبدا

بكى كثيرا،

وجلس جلسة القرفصاء بعد أن اسقط كيس الطعام من يديه، لم يدري ما يجب أن يفعله

لقد عرف بأن رجال تلك السيدة هم الذين قتلوا الفتاة جوليانا لأنها فرت من الماخور.

استغرب من أنهم لم يقتلوه، فهم لم ينتظروه ولم يقتلوه، رغم أنهم عرفوا بأنها معه في بيته.

لقد كان من السهل عليهم أن يقوموا بقتله فهو لم يكن مسلحا ولن يستطيع مقامة عدد من الحراس المسلحين كما أنهم كانوا ليباغتوه معها في البيت.

هل كان خرجه من البيت في ذلك الوقت من مصلحته لأنه نجا بحياته بفضل ذلك المشوار.

فلو لم يخرج لربما قاموا بقتله مع الفتاة جوليانا ولن يعفو عن حياته، وربما لم يكونوا مهتمين بقتله بل كان كل غرضهم الفتاة جوليانا الفارة من بيت السيدة.

لقد عرف من هم من هيأتهم وملابسهم التي يرتدونها لأنه رأى ذلك المظهر سابقا، لقد كان متأكدا بأنهم من طرف تلك السيدة.

لم تكن السيدة لترغب في عودة الفتاة جوليانا الفارة ولا أن تنتقم منها أو تقوم بتعذيبها بل اكتفت بأمر الحراس بقتلها.

كما أنهم كانوا غاضبين من هرب الفتاة جوليانا لذا قاموا بقتلها أما هو فليس مهما بالنسبة لهم، كلما ما كان يهمهم هو الفتاة جوليانا.

## طغيان الأنانية وجنون الفنان

بكى الفنان فيتال كثيرا، كان يبكي لأجل نفسه وليس لأجل الفتاة جوليانا كان يقول وهو في حالة صدمة:

كيف سأكمل لوحتي؟

ماذا سأفعل؟

يا الهي

لقد حرموني من الهام لوحتي لعنه الله

كيف يمكنني أن أكملها؟

كيف يمكنني فعل ذلك؟

لقد حرموني من ذلك الجمال

كنت سوف أصل إلى اللون الذي كنت أريده

لقد شارفت على النجاح

وبعد كثير من البكاء والصياح والندب والنواح

التفت يمينا وشمالا ثم انتبه وقال:

ولكن ما هذه الرائحة؟

إنها رائحة الوردي

إنها رائحة بشرتها التي امتزجت بالدماء

لقد شوه ذلك الجلد الجذاب بالدماء

ولكن رائحة الدماء أيضا غريبة هل فيها نفس السر؟

كان يتكلم وهو يتقرب من أشلائها المنتثرة على الأرض، وليس فقط هذا لقد كان يحمل بعضه بين يديه ويشمه.

ثم بدا ينظف ما يحمله وهو يقول:

لا يجب أن يشوه هذا الجمال

لقد كان هذا جمال لا مثيل له..

ولا زال

لقد كانت فتاة مميزة ولازالت ثمينة بالنسبة لي أنها كنز لا يمكن أن نفرط فيه بكل بساطة.

أولئك الحقيرون لقد قتلوها وكادوا أن يقتلوا حلمي أيضا

قساة القلوب وأناس عديمة الرحمة

لقد قتلوها وكانوا قادرين على قتلي، كادوا أن يقتلوا حلمي وبذلك يقتلونني.

لم يكن يعتقد بأنه سوف يعثر على الوردي، ولكنه لم يستطع أن يستوعب أن يحرم منه بعد وجده.

لقد كان يفكر والأفكار كثيرة وغريبة ومتداخلة تدور في رأسه.

لم يكن يستوعب جيدا ما حصل للفتاة، والأعظم من ذلك ما حدث للوحته وما هو مصير تلك اللوحة التي كان يحلم بها.

## إنقاذ ما يمكن إنقاذه

ولم يصل به الجنون إلى هذه الدرجة فقط بل قام ونظف كلما استطاع ومسحه بقماش وماء ووضعه للشمس التي بدأت تغيب وقام وهو يفكر ويقوم بجمع الدماء ويقول:

لقد خطرت ببالي فكرة

نعم إنها فكرة جيدة

سوف ارسم بدمائها سوف استعملها في الرسم وأخففها لأحصل على اللون الذي أريد.

هذه فكرة عبقرية

هذه فكرة كنت أريد أن ارسمها لكي أصل إلى السر الذي لديها والآن يمكنني أن استعملها هي في اللوحة.

لقد حل الليل وهو يقوم بما يقوم به

وبعد أن اظلم المكان قال في نفسه:

يجب أن أنظف المكان، ربما تشتم القطط والكلاب رائحة الدماء فتفضحني

سوف يعلم كل الجيران يما يدور في بيتي

سوف تكون فضيحة كبيرة

وسوف تلقي الشرطة القبض علي

سيظنون بأنني أنا من قتلت الفتاة جوليانا وربما يقولون بأنني وحش وان كلما حصل لها هو من فعلي أنا.

أنا فنان ولا أريد أن اخسر سمعتي بدخول السجن وبتهمة ملفقة أو جريمة لم ارتكبها.

إنها جريمة في بيتي ولكن لا ذنب لي

وبعد ذلك قام بإشعال النار في فناء بيته لكي يغطي على الرائحة

ثم خطرت بباله فكرة وقال:

لما لا أجفف بشرتها لكي لا تفقد فوائدها

ولم يعرف ما يمكنه فعله بعظامها التي سلخ عنها كل شيء فقام بطبخها ثم جففها ودقها

وقال:

ربما احتاجها فيما بعد

وبعد أن طلع النهار كان قد أكمل كل عمله الذي اعتكف عليه كل الليل.

فهو لم يغمض له جفن تلك الليلة وبعد أن أشرقت الشمس كان يقف أمام لوحته وهو يقول:

يجب أن أكمل اللوحة اليوم فلدي كل المواد

وأستطيع فعلها

يجب أن افعلها

لأنني امتلك المواد وأيضا الصورة التي في خيالي

يجب أن أكمل لوحتي قبل أن أصاب بجمود فني أو ربما يحدث أي أمر يجعلني أتأخر في إكمالها أو يحول بيني وبينها.

وكان يفكر في المواد فربما لت تصمد معه

وكان يكلم نفسه ويقول:

يجب أن أسرع

يجب أن أركز على الهدف الرئيسي

وهو..

وهو أن أكمل اللوحة

أنا متأكد من ذلك وسوف أنجح هذه المرة

الفتاة جوليانا لن تعود للحياة

ولكن يجب أن تخلق لوحتي للحياة

لا يجب أن يضيع كل تعبي سدا

لا يجب أن يكون موت تلك الفتاة جوليانا بلا فائدة، لقد وجدت عندما ما كنت ابحث عنه.

وربما هي بموتها قد تحررت من تلك العصابة

نعم لقد كانوا عصابة، شوهوها ثم قتلوها

لقد تحررت، أظن أن الموت كان أفضل لها من العودة إلى ذلك الماخور.

لقد قتلوها بينما كان بإمكانهم سجنها وتعذيبها كيفما يشاءون

لقد كانوا وحوشا ولا استبعد أي أمر كانوا قد يقترفوه في حقها ربما ما حصل لها كان من الأفضل لها.

أظن أنها قد حضيت بالراحة

ربما هذا أفضل

لا بل هذا أفضل

لقد كانت تعيش بلا هدف، ربما الهدف من حياتها كان أن ارسم لها لوحة

سوف ارسم لوحتي ولن أتراجع.

سوف أوصل رسالتها ورسالتي إلى العالم

لن أتراجع الآن

ولن أتراجع أبدا

يجب أن تخلق هذه اللوحة

الوقت يداهمني علي أن أتصرف سريعا

يجب أن انهي ما علي

يجب أن لا أفكر في أي أمر أخر

يجب التركيز على اللوحة واللوحة فقط.

## اللوحة في ثوبها الأخير

لقد استعمل كل جزء من الفتاة جوليانا لتلوين اللوحة فلون جسدها في اللوحة بدمائها التي خفف لونها بإضافة مسحوق العظم الذي قام بتنقيته وأضاف بعض المياه.

لقد كانت لديه بعض الخبرة في صنع الألوان.

لقد كان لديه الكثير من الجلد الذي لازال يقارن اللون على اللوحة به، وقد كان يحاول أن يصل إلى النتيجة التي يريدها

النتيجة التي يحلم بها

النتيجة التي يراها في خياله وقد رآها بالأمس مباشرة على الواقع.

وهكذا وبعد أن اكتمل النهار كان قد أكمل اللوحة وهو يقول أنها نفس الفتاة جوليانا.

هذه هي نفس الفتاة جوليانا

اقسم أنها تكاد تنطق

إنها لوحة ناطقة

لوحة نابضة بالحياة

لوحة حية

انه نفس اللون الذي كنت ابحث عنه

لقد حصلت على نفس اللون

انه الوردي الذي كنت ابحث عنه

بل الوردي الذي كنت أتمنى أن أجده

انه الوردي الذي كنت أحلم به

إنه هو

الفتاة جوليانا تبدو حقيقية

تبدو حية

اللوحة تبدو حقيقية

بل إنها تبدو حية

إنها لوحة حية وأنا سعيد بها

من الجيد أنني رسمت عيونها قبل أن يقتلوها

ولكن رغم كل شيء إنها هي

اقسم إنها تكاد تخرج من اللوحة

اللوحة كاملة ومكتملة

اللوحة حية

وراح يردد:

اللوحة حية

اللوحة حية

وهو يرقص ويهلل وقد كان قد أشعل النار في الفناء كما فعل يوم أمس.

## اللوحة الحية

وراح يصرخ ويقول:

أيتها الفتاة جوليانا لقد رسمتك

هل تسمعينني لقد رسمتك؟

لقد نجحت

لقد رسمتك أنت بكل تفاصيلك

رسمتك بدمائك وكل جسدك

نعم لقد استعملت كل جزء من جسدك لكي أرسمك

لقد نجحت

لقد رسمتك يا فتاة

رسمتك

أنت هنا

وبينما هو يتباهى بما فعله

ويردد تلك الكلمات

وفجأة حدث أمر غريب

وفجأة خرجت له قوة شريرة، لم يفهم ما يحدث أمامه، لقد كان الأمر غريبا

كانت تلك القوة الشريرة عبارة عن شيء يشبه الزوبعة السوداء ولكنها بالفعل قد خرجت من اللوحة التي أحياها بكلامه ذلك

وتوجهت تلك القوة التي بدت شريرة من لونها ومن حركتها اللولبية التي كانت تدور حول نفسها وتدور حوله هو

وما هي إلا بضع ثواني ولم يشعر بنفسه حتى حملته تلك القوة الشريرة

وعلت به عن الأرض ثم وبحرك سريعة رمت به في النار

تلك النار التي كانت يرقص ويهلل حولها

تلك النار التي كانت تبدو وكأنها نار احتفال

ولكنه هو كان يخفي بها رائحة الموت

ولكنها بدت وكأنها سوف تصبح نار الانتقام

أو ربما نار الغضب

رمت به تلك القوة في النار التي كان قد أشعلها في فناء بيته فمات محترقا ولم يبق منه إلا الرماد الذي ذهبت به الرياح

لقد مات في سبيل تلك اللوحة أو مات بسبب تلك اللوحة النتيجة واحدة هو انه قد مات في خضم تحقيق حلمه

وبعد مرور شهرين جاء صاحب البيت لكي يأخذ الإيجار لأن الرجل كان يدفع كل ستة أشهر فلم يجد أحدا في البيت

لقد طرق الباب كثيرا ثم مر عليه احد الجيران وقال له:

هل أنت تبحث عن الفنان فيتال؟

**صاحب البيت:**

نعم لقد مر وقت طويل ولم اسمع منه كما انه عليه إيجار متأخر

**الرجل:**

لا أظن انك ستجده

**صاحب البيت:**

ولما عساك تقول ذلك؟

**الرجل:**

نحن لم نره من أكثر من شهرين

**صاحب البيت:**

شهرين؟

هل أنت تعني ما تقوله؟

**الرجل:**

طبعا فلا احد منا قد رآه

ربما رحل أو غادر البيت ولم يعد

في تلك الحالة قرر الرجل ان يدخل البيت لكي ير حقيقة الأمر، وقد راودته بعض الأفكار السوداوية فكان يقول في نفسه:

يا للمصيبة

أرجوا ألا أجده جثة داخل بيتي

كانت الأفكار متنوعة تدور في رأيه ولكنه عندما دخل البيت لم يجد أحدا

ولكن العجيب في الأمر أن أغراض الفنان فيتال كانت لا تزال هناك

يبدو انه لم يرحل، وربما ذهب في رحلة وقد يعود يوما

ولكن صاحب البيت كان يريد استرجاع بيته وربما يقوم بتأجيره من جديد.

فالمستأجر الذي يتأخر بدفع الإيجار لا يمكن أن تثق فيه كثيرا.

فقام بجمع أغراض الفنان فيتال كلها من ملابس وألوان ولوحات ووضعها جانبا من أجل الفنان في حالة رجوعه يوما.

لم يكن ليرمي أغراض الفنان فيتال ولكن لم يكن أيضا ليترك البيت بدون أن يستفيد منه.

لذا قرر أن يتصرف وأن لا ينتظر لوقت آخر.

ولكنه وبينما هو يجمع الأغراض تفاجأ بوجود تلك اللوحة الضخمة والمغطاة بشرشف أبيض كبير، كان الشرشف ناصع البياض ويخفي تحته لوحة فنية

وعندما تقدم منها ورفع الشرشف لم يصدق ذلك الجمال المتجسد في اللوحة، ولكن أمرا ما جعله يشعر بالخوف فتراجع للخلف خطوتين فتعثر بحقيبة المال التي تركها الرجل، انه ما بقي من ثمن بيت والديه وقد كان سيدفع للفتاة ذلك المال مقابل أن يرسمها

عندما إكتشف بأن ما في الحقيبة مال أخذها وأسرع وخرج من البيت وقال في نفسه هذا ثمن الإيجار المتأخر على الفنان فيتال.

إنه من حقي

في الطريق وبينما الرجل عائد إلى بيته وهو يحتضن حقيبة المال، علم سارق قد رآه بأن الرجل المرتبك والذي كان يبدو كسارق يحمل مالا لأنه رأى بعض الأوراق تسقط منه.

فمر بجانبه بدراجته النارية وسرق منه الحقيبة، في لمح البصر.

لقد كان سارق يجيد حرفته التي هي معاشه، كان سارق محترف وكل محترف في مجاله هو سيد مهنته.

لقد درس السارق المسافة والرجل والحقيبة وأجرى كل الحسابات في رأسه قبل أن ينطلق لكي ينفذ خطته التي أرسى أركانها بسرعة فائقة.

جن جنون الرجل الذي لم يلاحظ بأنه وسط الطريق العام فضربته سيارة حتى نزفت الدماء من رأسه ومات على الفور.

## بعد مرور الزمن

بعد مرور سنة بالكامل جاء أوكل ابن الرجل الذي كان يعيش في مدينة بعيدة محاميا لكي يبيع من اجله البيت فهو يريد المال وليس البيت.

دخل المحامي إلى البيت فوجد تلك اللوحة وعندما اخبر الابن عن أمرها، طلب منه الابن ودون أن يرى اللوحة أن ينتابه فضول من اجلها بأنه لا يعلم عنها شيئا.

ثم طلب منه أن يتخلص منها.

لكن المحامي اخبره بأنها سوف تباع بثمن يفوق ثمن البيت، لأنها تحفة فنية وهو يظن بأنها تعود إلى فنان مشهور.

ومن خلال كلام المحامي المبهور باللوحة قرر الابن أن يقوم ببيعها، فطلب من المحامي أن يتكفل بالأمر وأن يبيعها في اقرب فرصة وبأي ثمن كان.

لقد رأى المحامي بأن في اللوحة سر ما، كما أنها ليست حتى موقعة من طرف الفنان فيتال.

أراد المحامي أن يجمع بعض المعلومات عن اللوحة من اجل أن يسوق لها، وعندما سال الجيران علم بأن الشخص الذي كان يسكن البيت والذي اختفى بطريقة غامضة كان فنانا ولكنه أشبه بالهاوي ليس فنانا معروفها وليس له أعمال معروفة.

بعد أن علم المحامي بأن من رسم تلك اللوحة هو مجرد فنان هاو استغرب الأمر ولكنه لم يكن متأكدا من الأمر لأن اللوحة لا توحي بأن صاحبها مجرد هاو للفن وكان يساوره شك في انه ربما ليس هو صاحبها فاللوحة غير موقعة ولا يوجد من يؤكد ذلك

ولأن كلما يهم ابن الرجل هو بيع اللوحة وكذلك الأمر المهم بالنسبة للمحامي هو إتمام أعماله،

لذا قرر المحامي أن يبيع اللوحة ولكنه في البداية لم يستطع أن يضع لها سعرا.

فقد كانت هذه المهمة صعبة عليه ولا يستطيع فعل ذلك لوحده، فهو يفهم في الأمور القانونية ولا يستطيع تقييم الأعمال الفنية.

كان على المحامي أن يلجأ إلى من يستطيع فعل ذلك وإتمام المهمة التي لم تكن من اختصاصه، وعندما طلب استشارة فنية من إحدى الشركات الفنية المحلية تم نصحه بأن يعرضها في المزاد.

لقد كانت اللوحة من أول نظرة تلقى عليها تبدو بأنها عمل فني قيم، كما أنها بدون صاحب أو توقيع فقط الرجل الذي يريد بيعها.

المزاد العلني كان هو أنسب حل لمثل تلك التحفة الفنية

لقد كانت تلك الشركة تهتم ببيع الأعمال الفنية، ويمكنها أن تقيم مزادا من أجل لوحته التي عرضها عليهم والتي يريد بيعها من اجل عميل.

## رحلة لوحة الوردي القاتل

وعندما عرضت اللوحة في المزاد العلني تشاجر كل الموجودين من أجل تلك اللوحة التي أبهرتهم بالفن الذي تحمله والجمال الذي يبدو حيا وقد بلغ سعرها مليون دولار

ولكن من اشتراها قد مات في ظروف غامضة وتمت سرقة اللوحة، بعد وفاته، من بيته وقد كان يعيش في قصر ولكن السارق قد استطاع أن يخطف تلك اللوحة،

فاعتقد الجميع بأن من سرق اللوحة هو من قتل ذلك الرجل الملياردير

وبعد مرور ثلاثة أيام من الحادثة قتل رجل آخر كان قد حضر المزاد نفسه ولم يفز بتلك اللوحة التي أراد شرائها ولكنه لم يفلح في الحصول عليها

قتل هذا الرجل أيضا بطريقة غريب ولكن العجيب في الأمر أن اللوحة قد وجدت في قصره فاعتبرت الشرطة انه هو من قتل الرجل الأول لأجل اللوحة وسرقها.

بعد ذلك تم عرض اللوحة في المزاد مرة أخرى لأن طليقة الرجل الأول قد استرجعتها وقامت بعرضها للبيع، لأنها تعلم بأن ستعود عليها بثروة، **فكما** دفع فيها طليقها

ثمنا ضخما أرادت أن تبيعها بمثله أو ربما أكثر لأن اللوحة قد أصبحت أكثر شهرة بعد تلك الحادثة

غريب كيف أن جرائم القتل والحوادث ترفع من قيمة الأعمال الفنية، كما أن الأحداث الغريبة التي تتعلق باللوحات والسمعة التي تكسبها أي لوحة بحدوث الأمور الغريبة بالقرب منها أو تمت لها بصلة تجعلها أكثر قيمة وأثمن من ذي قبل

لقد كان هناك جمهور كبير يهوى هذه الأمور الغريبة ويدفعون في لوحة مثل هذه ثروة لكي يمتلكوها وتصبح في حوزتهم ربما لإرضاء رغبة دفينة أو لأن هذا النوع من الأمور يجعلهم يشعرون بالنشوة

كم أنهم يعتبرون أنفسهم قد فازوا بشيء لا يمتلكه الناس العاديون

وأيضا أن امتلاك لوحة أو أي غرض له قصة ليس مثل امتلاك أية قطعة لا تاريخ لها

كما أنهم أيضا يطمعون في أن ترتبط أسماءهم بمثل هذه الأمور الغريبة التي لا يمكن أن تتجاوزها الصحافة وان لا تذكر في التاريخ.

إنها رغبة الأثرياء ونظرة بعضهم لمثل هذه الأمور.

بيعت اللوحة وسافرت إلى ايطاليا حيث اشتراها رجل أراد أن يرسلها إلى حبيبته في فرنسا، الرجل لم ير اللوحة بل فقط اشتراها لثمنها الباهظ لكي تكون هدية باهظة الثمن لحبيبته المميزة، ومن أجل أن تعلم حبيبته كم هو يحبها.

ولكن عندما رأى اللوحة تفاجأ بجمالها وهذا ما جعله يحتفظ بها، ولا يرسلها إلى حبيبته، بل احتفظ بها لنفسه، وبعد مرور يومين وجد الرجل في بيته، في مكتبه بالضبط جثة هامدة على اللوحة مقتولا وفي ظروف غامضة

عندما علمت حبيبته بموته، أسرعت إليه وحقدت باللوحة التي بها امرأة عارية، رمقتها بنظرات قاسية، لقد كانت آخر شيء يراه حبيبها قبل موته.

لقد كرهتها وكرهت وجودها هناك أمامها، فأرادت أن تمزقها، ولكنها لم تستطع فعل ذلك، ثم رمتها بشراب كحولي وأشعلت ولاعة ورمتها عليها.

ولكن العجيب أن اللوحة لم تحترق واشتعلت النار في المرأة نفسها حتى احترقت وماتت.

لقد اعتقدت الشرطة بأن المرأة قد حزنت على حبيبها فانتحرت وأحرقت نفسها.

تم عرض اللوحة مجهولة الفنان فيتال التي بدون توقيع في المزاد مرة أخرى، وانتقلت من مدينة إلى أخرى، لقد جالت العالم واكتسبت شهرة كبيرة.

وقرر بعض النقاد أن يطلقوا عليها اسم الوردي القاتل لأنه كلما عرضت في مزاد وامتلكها احد الأشخاص قتل بطريقة غامضة

ولكن ذلك الأمر الغريب لم يمنع المهووسين بالفن والأثرياء من التنافس من أجل شراءها، ودفع مبالغ خيالية لاقتنائها، لأن كل من يراها كان يشعر برغبة في ان يمتلكها ولو دفع عمره ثمنا لها.

كما أن الاسم الذي أطلق عليها وإشاعة أنها حقا تقتل مالكها قد زادت من شهرتها ومن تعطش الناس لرؤيتها وشراءها.

## Sommaire

www.ingramcontent.com/pod-product-compliance
Ingram Content Group UK Ltd.
Pitfield, Milton Keynes, MK11 3LW, UK
UKHW040031200726
13854UKWH00001B/459

9 798223 283478